AF145329

1

Yanik und Mark

Liebe hinter den Wolken

Alisa Kevano

© 2024
likeletters Verlag
Inh. Martina Meister
Legesweg 10
63762 Großostheim
www.likeletters.de
info@likeletters.de

Autorin: Alisa Kevano
Bildquelle: Midjourney

ISBN: 9783689490041

Teilweise kam für dieses Buch künstliche Intelligenz zum Einsatz.

Dies ist eine frei erfundene Geschichte. Ähnlichkeiten mit real existierenden Personen sind zufällig und nicht beabsichtigt.

Inhaltsverzeichnis

Kapitel 1

Yanik Richter lenkte seinen Wagen langsam durch die schmalen, von Bäumen gesäumten Straßen Kastellburgs, als die ersten Sonnenstrahlen des Morgens über die sanften Hügel krochen. Er hatte seine letzten Jahre in der hektischen Umgebung von Berlin verbracht, wo die Unberechenbarkeit des Wetters oft durch das geschäftige Stadtleben überschattet wurde.

Nun, als neuer Leiter des Wetterobservatoriums, sehnte er sich nach der Ruhe und der Möglichkeit, seine Forschungen in einer Umgebung zu vertiefen, die noch von der Natur geprägt war.

Der Wagen hielt vor einem charmanten, zweistöckigen Gebäude, das sein neues Zuhause werden sollte. Es lag am Rande der Stadt, mit einem weiten Blick über das Tal, wo die Morgennebel wie weiße Schleier über den Wiesen tanzten. Yanik stieg aus, streckte sich und atmete tief ein. Die frische Luft war erfüllt von dem Duft nach feuchter Erde und frühmorgendlichem Tau.

Während er die kühle Morgenluft einatmete, überkam ihn eine tiefe Sehnsucht. Er dachte an seinen Vater, einen hartnäckigen Meteorologen, dessen Leidenschaft für das Wetter ihn schon früh geprägt hatte.

In diesen stillen Momenten des Alleinseins ließ Yanik zu, dass die Erinnerungen und die leise Trauer um seinen kürzlich verstorbenen Vater ihn erfüllten, fest entschlossen, sein Erbe mit Stolz weiterzuführen.

Er verbrachte den Vormittag damit, seine bescheidenen Habseligkeiten auszupacken und das Haus einzurichten. Das Gebäude war alt, mit knarrenden Holzböden und großen Fenstern, die einen ungestörten Blick auf den

Himmel boten – perfekt für jemanden, der sein Leben den Wolken widmete.

Nachdem er sich eingerichtet hatte, beschloss Yanik, die Stadt zu erkunden. Kastellburg war bekannt für seine gut erhaltene Altstadt, die reich an Geschichte und Kultur war.

Die Straßen waren von malerischen Fachwerkhäusern gesäumt, die Geschäfte boten handgefertigte Waren an – von rustikalem Brot bis zu kunstvoll gefertigtem Schmuck.

Yanik stolperte unerwartet über ein Protestplakat, das gegen die jüngsten umweltschädlichen Maßnahmen der Stadtregierung gerichtet war. Dieses Schild löste in ihm einen inneren Konflikt aus, denn er war sich bewusst, dass seine Arbeit im Observatorium möglicherweise nicht allen in der Gemeinschaft gefallen würde.

Bestimmt, mehr darüber zu erfahren und vielleicht sogar eine Brücke zu schlagen, notierte er sich, das Thema bei der nächsten Stadtratssitzung anzusprechen.

Während seines Spaziergangs erreichte Yanik den Marktplatz, der das Herzstück der Stadt bildete. Ein kleiner Wochenmarkt war im Gange, und die Stände quollen über von lokalen Produkten: frisches Obst, Gemüse, Käse und Blumen. Die Verkäufer, meist ältere Leute mit wettergegerbten Gesichtern, begrüßten ihn freundlich, neugierig auf das neue Gesicht in ihrer Mitte.

An einem der Stände hielt Yanik inne, um ein paar Äpfel zu kaufen. Die Verkäuferin, eine ältere Dame mit einem warmen Lächeln, fragte ihn nach seinem Anliegen in Kastellburg. Als er erklärte, dass er der neue Leiter des Wetterobservatoriums sei, leuchteten ihre Augen auf.

«Oh, das ist wunderbar! Wir könnten wirklich jemanden gebrauchen, der etwas über das Wetter hier versteht.

Manchmal weiß man gar nicht, was man anziehen soll, wenn man morgens aus dem Haus geht», lachte sie.

Ihr Lachen war ansteckend, und Yanik fand sich schnell in einem angeregten Gespräch über die lokalen Wetterkapriolen wieder. Es war genau die Art von Verbindung zur Gemeinde, die er sich erhofft hatte.

«Und, haben Sie irgendwelche Wetterweisheiten, die ein Neuankömmling wie ich kennen sollte?», fragte Yanik mit einem schiefen Lächeln.

Die Verkäuferin lachte herzlich und antwortete: «Oh, mein Lieber, hier sagt man, dass wenn die Krähen zu tief fliegen, man besser den Regenschirm nicht vergessen sollte! Aber erzählen Sie, was führt einen Wetterforscher in unser kleines Städtchen?»

«Nun, ich wollte dem Trubel der Großstadt entkommen und sehnte mich nach etwas Ruhe», sagte er lächelnd.

«Ruhig ist es hier auf jeden Fall», antwortete ihm die Verkäuferin, ebenfalls lächelnd.

Dieser herzliche Austausch gab Yanik das Gefühl, wirklich angekommen zu sein.

Nachdem er den Vormittag damit verbracht hatte, die Stadt zu erkunden und ein wenig von der lokalen Atmosphäre zu schnuppern, beschloss Yanik, sich eine kurze Pause zu gönnen.

Gerade als Yanik sich auf den Weg machte, fiel ihm eine kleine Menschenmenge auf, die sich um einen aufgebrachten Ladenbesitzer versammelte. Der Mann diskutierte heftig über die neuesten städtischen Vorschriften, die kleine Geschäfte wie seinen benachteiligen würden. Yanik, der immer ein Interesse daran hatte, lokale Angelegenheiten zu verstehen und wo möglich zu unterstützen, beschloss, sich der Diskussion anzuschließen und mehr über die Herausforderungen zu erfahren, mit denen die lokale Geschäftswelt konfrontiert war. Dies vertiefte nicht nur sein Verständnis für Kastellburg, sondern öffnete auch eine Tür zu einer möglichen neuen Rolle als Vermittler und Unterstützer in der Gemeinschaft.

Er erinnerte sich an ein charmantes kleines Café, das er früher am Tag auf dem Marktplatz gesehen hatte, und entschied sich, dorthin zurückzukehren. Das Schild über der Tür verkündete «Lenas Café», benannt nach der Besitzerin, einer Frau, die offensichtlich nicht nur gutes Essen und Kaffee, sondern auch eine warme, einladende Atmosphäre zu schätzen wusste.

Das Café war innen gemütlich eingerichtet, mit Vintage-Möbeln und kleinen, liebevoll dekorierten Tischen. An den Wänden hingen Kunstwerke, die vermutlich lokale Künstler darstellten, und die Atmosphäre war lebendig mit dem Summen von Gesprächen und dem Klirren von Kaffeetassen. Yanik wählte einen Tisch in der Ecke, von wo aus er das bunte Treiben beobachten konnte.

Kaum hatte er Platz genommen, kam eine freundliche Bedienung, um seine Bestellung aufzunehmen.

«Ein Cappuccino, bitte», sagte Yanik und schaute sich weiter um. Während er auf seinen Kaffee wartete, zog ein Stapel Flyer auf einem Nebentisch seine Aufmerksamkeit auf sich. Es waren Ankündigungen für verschiedene lokale Events, einschließlich der bevorstehenden historischen Fahrzeugausstellung. Yanik nahm einen der Flyer und las interessiert die Details.

Die Bedienung brachte ihm seinen Cappuccino.

«Sie sind neu in Kastellburg, oder?», fragte sie lächelnd.

Yanik nickte.

«Ja, ich leite ab nächsten Monat das

Wetterobservatorium. Ich bin heute erst angekommen.»

«Na dann, willkommen in Kastellburg! Ich bin Lena und das hier ist meine kleine Wohlfühloase.»

«Wohlfühloase passt gut», sagte Yanik, «ich fühle mich tatsächlich sehr wohl hier. Ich bin übrigens Yanik.»

Lena nickte ihm lächelnd zu und ging dann zurück zum Tresen.

In diesem Moment betrat Mark das Café. Seine Hände waren noch leicht mit Öl beschmutzt, Zeichen eines Vormittags, der tief in der Arbeit verbracht wurde. Mark sah sich um, als er den Raum betrat, und seine Augen blieben kurz an Yanik haften, der die Flyer las.

Er näherte sich dem Tresen, wo seine Schwester Lena Bestellungen aufnahm.

«Hey, Lena», begrüßte Mark sie kurz und küsste sie auf die Wange. «Kann ich einen Kaffee bekommen? Ich brauche eine Pause.»

«Klar, setz dich», antwortete Lena und nickte in Yaniks Richtung. «Vielleicht möchtest du dich zu dem neuen Herrn im Ort setzen? Er ist der neue Leiter des Wetterobservatoriums. Ich glaube, ihr könntet interessante Gesprächspartner sein.»

Mark zögerte einen Moment, dann nickte er und nahm seinen Kaffee entgegen, bevor er sich zu Yanik an den Tisch setzte.

«Hi», begann er etwas unsicher. «Lena meint, wir sollten uns kennenlernen. Ich bin Mark Kramer.»

Yanik sah auf, überrascht und erfreut über die Gesellschaft.

«Yanik Richter», erwiderte er und reichte Mark die Hand. «Schön, dich kennenzulernen.»

Das Gespräch begann etwas zögerlich, da beide Männer ihre anfängliche Unsicherheit überwanden. Yanik erzählte von seiner Arbeit und seinem Umzug nach Kastellburg, und Mark sprach über die Motorräder, die er restaurierte.

«Motorräder, hm? Das klingt faszinierend», bemerkte Yanik, ehrlich interessiert. «Ich kenne mich zwar nicht gut aus, aber ich kann die Kunst und die Geschicklichkeit dahinter sicherlich schätzen.»

Mark lächelte, ermutigt durch Yaniks Interesse.

«Vielleicht möchtest du ja mal vorbeikommen und dir die Werkstatt ansehen. Ich kann dir einiges zeigen, was dich vielleicht überraschen wird.»

«Das klingt großartig», erwiderte Yanik. «Ich würde das Angebot gerne annehmen.»

Als Yanik und Mark sich weiter unterhielten, wurde ihre anfängliche Zurückhaltung durch eine wachsende Neugier aufeinander ersetzt. Der Klang ihrer Stimmen mischte sich harmonisch in das lebhafte Treiben des Cafés.

«Also, Yanik, was hat dich dazu gebracht, dich auf das Wetter zu spezialisieren? Das klingt nach einer ziemlich spezifischen Leidenschaft», fragte Mark, während er seinen Kaffee umrührte.

Yanik lachte leicht.

«Ich war schon als Kind fasziniert von den Wolken und Stürmen. Wetter ist so dynamisch und unvorhersehbar. Es hat irgendwie etwas Poetisches, findest du nicht? Abgesehen davon war mein Vater bereits Meteorologe und hat mich vermutlich angesteckt. Und wie steht es mit dir? Motorräder sind ja auch kein alltägliches Hobby.»

Mark nickte, während er einen Schluck Kaffee nahm.

«Das stimmt. Es begann eigentlich mit meinem Großvater. Er hatte eine alte Werkstatt, und ich habe dort als Junge viel Zeit verbracht. Motorräder waren unsere gemeinsame Sprache. Aber erzähl mir, was findest du poetisch am Wetter?»

«Es ist die Art, wie es die Umgebung transformiert», erklärte Yanik, seine Augen leuchteten vor Begeisterung. «Ein Sturm kann die Welt um uns herum dramatisch verändern, und dann, nach dem Regen, sieht alles irgendwie neu und frisch aus. Es gibt eine ständige Erneuerung und Veränderung, die ich faszinierend finde.»

Mark lächelte, beeindruckt von Yaniks Sichtweise.

«Das klingt fast so, als würdest du das Wetter malen, nicht studieren.»

«Vielleicht ist das mein unerfüllter Traum – ein Maler des Himmels zu sein», scherzte Yanik. «Und deine Motorräder – was fasziniert dich am meisten an der Restauration?»

«Es ist die Herausforderung, denke ich», antwortete Mark nachdenklich. «Jedes Motorrad hat seine eigene Geschichte, seine eigenen Macken und

Geheimnisse. Sie wieder zum Laufen zu bringen, ihnen neues Leben einzuhauchen, das hat etwas unglaublich Befriedigendes. Es fühlt sich an, als würde ich die Zeit zurückdrehen und gleichzeitig in die Zukunft schauen.»

«Das klingt wirklich beeindruckend. Ich muss zugeben, dass ich nie viel über Motorräder nachgedacht habe, aber die Art, wie du darüber sprichst, macht es wirklich interessant», sagte Yanik, sichtlich beeindruckt.

Mark lächelte breiter.

«Na dann, wie wär's? Willst du nicht mal vorbeischauen und dir die Werkstatt ansehen? Ich könnte dir ein paar Projekte zeigen, die ich gerade in Arbeit habe.»

Yanik nickte begeistert.

«Das würde ich sehr gerne machen. Ich hab sowieso noch ein paar Tage frei. Es wäre eine tolle Abwechslung zum Himmel beobachten.»

Beide lachten, und das Gespräch vertiefte sich weiter. Sie tauschten
Gedanken über alles Mögliche aus, von
ihren Lieblingsbüchern bis hin zu
Musik und Filmen, die sie gerne sahen.
Es war, als hätten sie eine seltene Art
der Verbindung gefunden, die sie trotz
ihrer unterschiedlichen Welten
zusammenbrachte.

Als sie schließlich ihre Kaffeebecher
abstellten, hatten sie nicht nur mehr
über ihre jeweiligen Leidenschaften
gelernt, sondern auch eine offene Ein-
ladung füreinander ausgesprochen, in
die Welt des anderen einzutauchen.

Kapitel 2

Nach ihrer Begegnung im Café trennten sich die Wege von Yanik und Mark, doch die Nachwirkungen ihres Gesprächs und der unerwartete Funke der Verbindung blieben in ihren Gedanken präsent. Yanik spazierte langsam zurück zu seinem neuen Zuhause, den Kopf voller Gedanken über das tiefe Gespräch mit Mark. Er hatte nicht erwartet, in dieser kleinen Stadt jemanden zu treffen, der so faszinierend und doch so unterschiedlich von ihm war.

Während er durch die ruhigen Straßen von Kastellburg ging, betrachtete Yanik den sich ständig verändernden Himmel. Die Reflexionen über Marks Sichtweise auf seine Arbeit – das Wiederherstellen alter Motorräder als eine Art Zeitreise und Zukunftsplanung – faszinierten ihn.

Es gab eine überraschende Parallele zu seiner eigenen Arbeit mit den Wettermustern, ein unerwarteter gemeinsamer Nenner ihrer scheinbar so verschiedenen Berufe.

«Vielleicht gibt es in der Art, wie wir beide die Welt sehen, mehr Gemeinsamkeiten, als ich anfangs dachte», murmelte Yanik vor sich hin, erfüllt von einer neuen Wertschätzung für Marks Kunstfertigkeit.

In der Zwischenzeit hatte Mark die Werkstatt erreicht, seine Gedanken kreisten noch immer um das Gespräch. Er wischte sich mechanisch die öligen Hände an einem alten Tuch ab und lehnte sich nachdenklich gegen die kühle Metalltür seines Arbeitsraums.

Die tiefsinnige Diskussion über Natur, Technik und Kunst hatte unerwartete Gefühle in ihm geweckt, Gefühle, die er seit seiner letzten ernsthaften Beziehung mit Linda nicht mehr gespürt hatte.

«Es ist seltsam», dachte er, «solche Gefühle hatte ich zuletzt bei Linda... das kann doch nicht sein, Yanik ist ein Mann... »

Mark schüttelte ungläubig den Kopf, verwirrt über die Intensität seiner eigenen Reaktionen. Linda war lange ein fester Bestandteil seines Lebens gewesen, und ihre Trennung hatte eine Leere hinterlassen, die er oft zu ignorieren versuchte. Die Begegnung mit Yanik hatte jedoch etwas in ihm berührt, das er nicht ganz definieren konnte.

«Er sieht die Welt auf eine so einzigartige Weise», dachte Mark. «Nicht viele Menschen haben ein solches Auge für das Detail oder eine solche Leidenschaft für das Unberechenbare.»

Mark war beeindruckt von Yaniks Offenheit und der Leichtigkeit, mit der er seine Gedanken zum Ausdruck brachte. Dies machte ihn neugierig auf Yaniks Welt, auf das, was über den

Wolken lag, die er bisher so oft igno-
riert hatte. Der Gedanke, dass er vielleicht mehr über Yanik erfahren wollte,
ließ ihn zögern. Es war eine seltsame,
neue Art von Neugier, eine, die ihn
dazu brachte, seine eigenen Gefühle
und Annahmen über sich selbst in
Frage zu stellen.

Kapitel 3

Yanik fühlte eine Mischung aus Neugier und Aufregung, als er sich der alten umgebauten Scheune näherte, die Mark als seine Werkstatt nutzte.

Während er den Weg zur Werkstatt entlangging, konnte Yanik nicht umhin, über seine Entscheidung nachzudenken, sein gewohntes Leben in der Stadt aufzugeben. Der Umzug nach Kastellburg war ein Sprung ins Ungewisse, doch die Möglichkeit, tief in die Natur eingebettete Phänomene zu erforschen und echte Verbindungen fernab der Großstadt Hektik zu knüpfen, gab ihm ein Gefühl von Freiheit, das er lange vermisst hatte.

Der frische Geruch von Herbstlaub mischte sich mit dem schwachen Duft von Öl und Metall, der aus der offenen Tür wehte. Mark hatte ihn eingeladen, einen Tag in der Werkstatt zu verbringen, und Yanik war begierig darauf, mehr über Marks Welt zu erfahren.

Als er eintrat, wurde er von einer beeindruckenden Anordnung von Werkzeugen und Motorradteilen begrüßt, die sorgfältig organisiert und präsentiert waren. Mark stand inmitten einer halb zusammengebauten Maschine, die Hände tief in den Motorraum eines klassischen BMW Motorrads vergraben.

«Ah, du bist da!», rief Mark, als er Yaniks Reflexion im blanken Chrom eines nahegelegenen Motorradtank sah. Er wischte sich die Hände an einem alten Lappen ab und kam ihm mit einem breiten Lächeln entgegen. «Freut mich, dass du gekommen bist. Ich hoffe, du bist bereit, dir die Hände schmutzig zu machen.»

Yanik lachte und schüttelte den Kopf.

«Ich fürchte, meine Erfahrungen beschränken sich auf theoretische

Modelle und Computerberechnungen, aber ich bin bereit zu lernen.»

Mark führte ihn durch die Werkstatt und erklärte die verschiedenen Projekte, an denen er arbeitete. Jedes Motorrad hatte seine eigene Geschichte, die Mark mit einer Leidenschaft erzählte, die Yanik tief beeindruckte. «Dies hier ist eine seltene R69S von 1960. Sie war in ziemlich schlechtem Zustand, als ich sie bekam, aber sie wird wunderschön sein, wenn sie fertig ist.»

Yanik folgte Mark zu einem Arbeitstisch, wo einige Motorteile ausgelegt waren.

«Möchtest du versuchen, diesen Vergaser zusammenzubauen?», fragte Mark, eine Augenbraue hochziehend. «Ich zeige dir, wie es geht.»

Mit Marks geduldiger Anleitung begann Yanik, die Teile zu montieren. Es war eine sorgfältige, fast meditative Tätigkeit, und Yanik fand schnell Gefallen daran. Das Zusammenfügen der präzisen Metallteile zu einem funktionierenden Ganzen hatte etwas zutiefst Befriedigendes.

«Du hast ein gutes Gefühl dafür», bemerkte Mark, als sie den zusammengebauten Vergaser betrachteten. «Es ist nicht anders als bei deiner Arbeit, oder? Es geht darum, zu verstehen, wie die Teile zusammenpassen, um das große Ganze zu sehen.»

Yanik nickte, den Vergleich betrachtend.

«Ja, es ist ähnlich. Ob es sich um Wolken oder Motorräder handelt, wir versuchen, Chaos in Ordnung zu bringen, nicht wahr?»

Das Lachen, das sie teilten, war ein Beweis für ihre wachsende Verbindung. Sie verbrachten den Rest des Morgens damit, weiter an der Maschine zu arbeiten, wobei Mark Yanik in die Feinheiten der Motorradrestauration einführte. Yanik war fasziniert von der Präzision und Sorgfalt, die Mark in seine Arbeit steckte.

Als die Mittagszeit näher rückte, schlug Mark eine Pause vor.

«Ich denke, es ist Zeit für eine Stärkung. Was hältst du von einem späten Frühstück? Es gibt ein kleines Diner nicht weit von hier, das die besten Pfannkuchen in der Stadt macht.»

Yanik, der sich in der angenehmen Gesellschaft und der fesselnden neuen Erfahrung wohl fühlte, stimmte gerne zu. Während sie die Werkstatt abschlossen und sich zum Diner aufmachten, spürte er eine tiefe Zufriedenheit. Nicht nur, dass er neue Fähigkeiten erlernt hatte, er hatte auch einen Freund gefunden, dessen Gesellschaft er wirklich genoss.

Nachdem sie die gemütliche Werkstatt hinter sich gelassen hatten, führte Mark Yanik zu einem kleinen, lokal beliebten Diner, das sich durch seine rustikale Einrichtung und warme, einladende

Atmosphäre auszeichnete. Während sie dort saßen, umgeben von den leisen Gesprächen anderer Gäste und dem Klirren von Geschirr, genossen sie ihre Mahlzeit und planten den weiteren Tagesverlauf.

«Ich muss sagen, dass das wirklich interessant war, heute Morgen», sagte Yanik, während er einen Schluck Kaffee nahm. «Ich hatte keine Ahnung, dass so viel Detailarbeit in der Restaurierung eines Motorrads steckt.»

Mark lächelte über den dampfenden Teller hinweg.

«Und ich dachte immer, Wetter wäre nur Wetter. Aber du siehst es fast wie eine Kunstform, nicht wahr?»

«Genau das ist es für mich», erwiderte Yanik. «Und da du heute Morgen einen Einblick in meine Welt bekommen hast, wie wäre es, wenn ich dir heute Nachmittag zeige, was ich tue? Es gibt eine Wetterstation nicht weit von hier, und es sieht nach einem interessanten Tag für Beobachtungen aus.»

Mark nickte interessiert.

«Das klingt großartig. Ich habe ehrlich gesagt noch nie eine Wetterstation von innen gesehen.»

Der Nachmittag fand sie auf einer kleinen Anhöhe außerhalb von Kastellburg, wo das neue Wetterobservatorium eine panoramische Aussicht über die umgebende Landschaft bot.

Die moderne Einrichtung stand in starkem Kontrast zu der alten Werkstatt, war aber in ihrer eigenen Weise faszinierend. Große Bildschirme zeigten Echtzeit-Daten von Wind, Temperatur und Niederschlag, während verschiedene Instrumente und Geräte die Umgebung überwachten.

Yanik führte Mark zu einer hochmodernen Wetterradaranlage.

«Dieses Gerät kann die Entwicklung von Stürmen über Hunderte von Kilometern verfolgen», erklärte er. «Wetter ist dynamisch und immer in Bewegung – ähnlich wie die Geschichte eines restaurierten Motorrads, das wieder zum Leben erwacht.»

Während Yanik sprach, berührte er unabsichtlich Marks Arm, um seine Aufmerksamkeit auf einen bestimmten Bildschirm zu lenken. Mark sah ihm in die Augen, und ein Moment des Schweigens entstand, in dem ein beiderseitiges Verständnis zu spüren war.

Mark, beeindruckt von der Technologie und der Komplexität der Datenanalyse, nickte.

«Das ist wirklich beeindruckend. Ich kann sehen, wie du dich hier verlieren könntest, genau wie ich in meinen Motoren.»

Sie setzten ihre Tour fort, und Yanik zeigte auf verschiedene Instrumente, wobei seine Hand gelegentlich Marks Rücken streifte, während sie durch die enge Station gingen.

Diese leichten Berührungen, ob zufällig oder nicht, ließen eine subtile Spannung zwischen ihnen entstehen, eine Mischung aus Neugierde und einer anwachsenden Zuneigung.

Als der Himmel sich zuzog und die ersten Anzeichen eines herannahenden Sturms sich abzeichneten, lud Yanik Mark ein, das Phänomen aus der Sicherheit des Observatoriums zu beobachten. Sie standen nebeneinander, ihre Schultern berührten sich gelegentlich, während sie zusahen, wie dunkle Wolken sich schnell zusammenballten und der Wind an Stärke zunahm.

«Es gibt etwas unglaublich Rohes und Echtes an der Kraft der Natur», sagte Yanik, während er auf die sich verändernden Daten zeigte. «Jeder Sturm erzählt eine Geschichte, ähnlich wie jedes Motorrad, das du restaurierst. Sie haben Anfang, Höhepunkt und Ende.»

Mark nickte, tief beeindruckt von der Schönheit und der Macht des sich entfaltenden Sturms und der Nähe zu Yanik.

«Ich glaube, ich verstehe jetzt, warum du das liebst. Es ist wie ein Tanz von Elementen, nicht wahr?»

Als der Nachmittag zu Ende ging und der leichte Sturm nachließ, fühlten sich beide Männer durch das tiefe Verständnis der Leidenschaften des anderen bereichert.

Nach einem erfüllenden Tag voller neuer Einblicke und gemeinsamer Erlebnisse entschieden sich Yanik und Mark, den Abend mit einem entspannten Spaziergang durch die Altstadt von Kastellburg ausklingen zu lassen. Die untergehende Sonne tauchte die historischen Gebäude in ein warmes, goldenes Licht, und die kühle Abendluft war eine willkommene Erfrischung nach dem spannenden, aber anstrengenden Tag.

Yanik und Mark schlenderten durch die engen, von Kopfsteinpflaster bedeckten

Gassen Kastellburgs. Die untergehende Sonne hüllte die Altstadt in ein weiches, goldenes Licht und die frische Abendluft erfüllte ihre Lungen mit neuer Energie.

«Es ist erstaunlich, wie Philosophie sich durch die Jahrhunderte entwickelt hat, nicht wahr?», begann Yanik, während sie an einem alten Brunnen vorbeigingen. «Von Platon zu modernen Denkern, die Ideen sind immer in Bewegung.»

Mark nickte, seine Augen leuchteten auf.

«Ja, und es ist wie in der Technik. Alte Konzepte, neu interpretiert. Wie bei den Motorrädern, die ich restauriere. Alte Modelle, die ich mit moderner Technik wieder zum Leben erwecke.»

«Genau! Es ist die Transformation, die fasziniert», erwiderte Yanik mit einem Lächeln. «Übrigens, hast du kürzlich einen guten Film gesehen?»

Mark lachte.

«Ich habe letzte Woche ‚Inception‘ wieder gesehen. Ich liebe die Art und Weise, wie Nolan mit der Idee der Traumebenen spielt. Wie steht's mit dir? Irgendwelche Empfehlungen?»

«Ah, Nolan ist großartig. Ich bin mehr für Klassiker. Letztens habe ich ‚Casablanca‘ wieder gesehen. Die Dialoge, die Stimmung – einfach zeitlos.»

«Ein echter Klassiker», stimmte Mark zu. «Ich muss zugeben, ich habe ebenfalls eine Schwäche für alte Filme. Es gibt etwas an ihnen, das so… authentisch ist.»

Ihre Schritte führten sie in ein kleines Bistro, das mit seiner warmen Beleuchtung und den rustikalen Möbeln einladend wirkte. Sie wählten einen Tisch in einer ruhigen Ecke, um ihr Gespräch fortzusetzen.

«Was hältst du von der Theorie, dass Filme und Bücher uns tatsächlich zu besseren Menschen machen können, indem sie Empathie fördern?», fragte

Yanik, während sie die Speisekarten betrachteten.

«Es macht Sinn», erwiderte Mark nachdenklich. «Kunst im Allgemeinen – sei es durch Bilder, Geschichten oder sogar Musik – gibt uns die Möglichkeit, Leben aus einer anderen Perspektive zu sehen. Das erweitert definitiv den Horizont.»

Yanik nickte, beeindruckt von Marks Einsicht.

«Ich denke, das trifft den Nagel auf den Kopf. Indem wir uns in andere hineinversetzen, lernen wir mehr über uns selbst.»

Gerade als sie ihre Bestellungen aufgaben, öffnete sich die Tür des Bistros, und eine Frau trat ein. Ihr Blick fiel sofort auf Mark, und ihre Augen leuchteten auf, als sie ihn erkannte. Mark erstarrte sichtlich, als er die Frau sah – es war Linda, seine Ex-Freundin.

Ihr Erscheinen war wie ein plötzlicher Temperaturabfall, der die zuvor warme Atmosphäre erschütterte.

«Mark! Was für eine Überraschung, dich hier zu sehen», sagte Linda mit einem Lächeln, das etwas zu eifrig wirkte. Sie näherte sich ihrem Tisch, ihr Blick flüchtig auf Yanik fallend, bevor sie sich wieder Mark zuwandte. «Darf ich mich setzen?»

Mark zögerte, spürte Yaniks fragenden Blick auf sich.

«Äh, natürlich», erwiderte er schließlich, seine Stimme unsicher. Linda setzte sich, ohne ihre Augen von Mark abzuwenden, und ignorierte dabei die spürbare Spannung.

Yanik, der die Situation schnell erfasste, versuchte, die Stimmung aufzulockern.

«Ich bin Yanik», sagte er, reichte Linda freundlich die Hand. «Ein Freund von Mark.»

Linda lächelte höflich und schüttelte seine Hand, ihre Aufmerksamkeit jedoch klar auf Mark gerichtet. «Schön, dich kennenzulernen, Yanik.» Sie wandte sich wieder Mark zu. «Ich habe gehört, du hast dich jetzt ganz deinen Motorrädern gewidmet. Das ist wirklich großartig.»

Als Linda sich an den Tisch gesetzt hatte und ihre Gegenwart die Atmosphäre bereits spürbar verändert hatte, begann sie mit einem nostalgischen Ton in ihrer Stimme.

«Weißt du noch, Mark, wie wir damals diesen Roadtrip zum Bodensee gemacht haben? Das war so ein magischer Tag», sagte Linda, während sie versuchte, Marks Blick zu fangen.

Mark nickte knapp, sein Lächeln angespannt.

«Ja, das war eine schöne Zeit. Aber erzähl mal, Yanik, bist du schon mal am Bodensee gewesen? Es ist wirklich eine schöne Gegend für Wetterbeobachtungen.»

Yanik, der die Situation schnell erfasst hatte und bemühte sich, das Gespräch auf neutralere Themen zu lenken, antwortete: «Nein, bisher noch nicht, aber es steht definitiv auf meiner Liste. Ich bin mehr in den Bergen unterwegs gewesen, besonders im Winter. Der Schnee und die Stürme dort sind beeindruckend.»

Linda, leicht frustriert über die Abwendung von ihrer Anekdote, versuchte erneut, eine Verbindung zu Mark herzustellen.

«Erinnerst du dich auch an den Winter, als wir fast eingeschneit wurden? Du und ich, eingekuschelt mit heißer Schokolade?»

Mark seufzte leicht, merklich bemüht, höflich zu bleiben.

«Ja, das war ein ziemlich starker Schneefall. Aber sprechen wir über etwas Aktuelles. Yanik hat mir gerade von seinem Projekt erzählt, das wirklich interessant klingt. Vielleicht möchtest du mehr darüber erfahren?»

Yanik, der Marks Versuche bemerkte, das Gespräch umzulenken, sprang ein.

«Ich arbeite an einer Studie über die Auswirkungen von Klimaveränderungen auf lokale Wetterphänomene. Es ist faszinierend, wie alles miteinander verbunden ist, nicht nur atmosphärisch, sondern auch in Bezug auf die Auswirkungen auf die lokale Fauna und Flora.»

Linda lächelte zwar, doch ihre Augen zeigten eine Spur von Enttäuschung, da das Gespräch sich weiter von persönlichen Erinnerungen entfernte.

«Das klingt ja sehr umfassend. Du musst sehr engagiert sein in deiner Arbeit, Yanik.»

«Ja, es nimmt viel Zeit in Anspruch, aber es ist eine Leidenschaft», erwiderte Yanik, froh darüber, das Gespräch auf wissenschaftliche und weniger persönliche Themen lenken zu können.

Das Essen kam, und die drei aßen größtenteils schweigend, wobei die Spannungen unter der Oberfläche schwelten. Linda machte noch ein paar halbherzige Versuche, das Gespräch auf ihre gemeinsame Vergangenheit mit Mark zu lenken, aber es war offensichtlich, dass Mark daran interessiert war, in der Gegenwart und vielleicht in einer Zukunft mit neuen Möglichkeiten zu bleiben.

Kapitel 4

Nachdem Linda das Bistro verlassen hatte, blieb eine spürbare Stille zwischen Mark und Yanik zurück. Die Luft war noch immer schwer von den unausgesprochenen Worten und den nachhallenden Emotionen. Mark schien nachdenklich, während er den letzten Schluck seines Getränks hinunterstürzte, den Blick auf den leeren Teller gerichtet.

«Es tut mir leid, dass das so gelaufen ist», brach Mark schließlich das Schweigen. «Linda und ich... es ist eine lange Geschichte. Manchmal denke ich, sie ist noch nicht ganz darüber hinweg.»

Yanik legte beruhigend seine Hand auf Marks Arm.

«Es ist okay, Mark. Beziehungen können kompliziert sein. Du musst dich nicht entschuldigen.» Seine Stimme war weich und verständnisvoll,

ein starker Kontrast zu der angespann-
ten Stimmung, die Linda hinterlassen
hatte.

Mark nickte, dankbar für Yaniks Verständnis.

«Danke, Yanik. Ich schätze es wirklich,
dass du so verständnisvoll bist. Es ist
nicht immer leicht, die Vergangenheit
hinter sich zu lassen, besonders wenn
sie unerwartet an deine Tür klopft.»

«Jeder hat etwas, das er hinter sich
lassen muss», erwiderte Yanik nachdenklich. «Aber es ist, wie wir damit
umgehen, was zählt, nicht wahr? Wenn
du jemals reden möchtest, ich bin hier.»

Marks Gesicht hellte sich auf, ein
schmales Lächeln umspielte seine
Lippen.

«Das bedeutet mir viel. Und ja, vielleicht nehme ich dich beim Wort. Es
könnte helfen, einige Dinge zu bespre-
chen.»

Die Konversation verlagerte sich dann
langsam zurück zu leichteren Themen.

Sie sprachen über bevorstehende Projekte, über Bücher, die sie lesen wollten, und Pläne für die kommenden Wochen. Die Atmosphäre wurde lockerer, und das Lachen kehrte zurück, als sie das Bistro schließlich verließen.

In der kühlen Nachtluft spazierten sie langsam zurück zu Marks Motorradwerkstatt. Der Abend war dunkel, die Sterne funkelten über ihnen, eine klare Nacht, die die schwere Stimmung des Abends zu lichten schien.

«Ich muss sagen, es war trotz allem ein guter Abend», sagte Mark, als sie anhielten. «Ich habe viel über Wetterstationen und... na ja, auch über mich selbst gelernt.»

«Ich auch», stimmte Yanik zu. «Es ist immer gut, neue Perspektiven zu gewinnen. Und ich freue mich, mehr Zeit mit dir zu verbringen, Mark.»

Die beiden Männer standen einen Moment schweigend da, jede der Gedanken des anderen erwägend.

Dann brach Mark das Schweigen: «Ich denke, ich werde jetzt zurückfahren. Es ist spät, und wir haben beide einen langen Tag hinter uns.»

«Sicher», nickte Yanik. «Pass auf dich auf, Mark. Und danke für heute.»

«Danke, dass du da bist», antwortete Mark und stieg auf sein Motorrad. Er winkte noch einmal, bevor er in die Nacht davonfuhr, zurückgelassen mit dem Gefühl, dass trotz der unerwarteten Ereignisse etwas Wertvolles und Bedeutungsvolles gewachsen war.

Yanik beobachtete, wie Mark davonfuhr, und fühlte eine tiefe Zufriedenheit darüber, wie sich ihre Freundschaft entwickelte. Die Sterne leuchteten hell, als ob sie den Weg für eine neue, unerwartete Reise beleuchteten.

Kapitel 5

Ein paar Tage nach dem unerwarteten Treffen im Bistro fanden sich Mark und Yanik in einer ruhigen Ecke von Lenas Café wieder. Mark hatte Yanik hierher eingeladen, nicht nur um in entspannter Atmosphäre Kaffee zu trinken, sondern auch, um die Gelegenheit zu nutzen, sich ihm gegenüber zu öffnen.

Yanik hatte sich als ein verständnisvoller und aufmerksamer Zuhörer erwiesen, und Mark fühlte, dass dies der richtige Moment war, um mehr über seine Vergangenheit zu teilen.

Die beiden setzten sich an einen abgelegenen Tisch neben dem Fenster, von wo aus sie die herbstlich gefärbten Bäume im Park gegenüber betrachten konnten. Nachdem sie ihre Bestellungen aufgegeben hatten, schwieg Mark einen Moment, sammelte seine Gedanken, bevor er begann.

«Ich schätze, du fragst dich vielleicht über das, was mit Linda passiert ist…» begann Mark zögerlich, seine Augen nicht von der dampfenden Tasse vor ihm abwendend.

Yanik nickte, gab ihm ein ermutigendes Lächeln.

«Nur wenn du darüber sprechen möchtest, Mark. Ich bin hier, um zuzuhören, nicht zu urteilen.»

Mark atmete tief durch und sah Yanik dann direkt an.

«Linda und ich waren lange zusammen. Es war ernst, weißt du? Aber im Laufe der Zeit… Ich habe erkannt, dass wir auf unterschiedlichen Wegen waren. Meine Leidenschaft für die Restaurierung und der Aufbau meiner Werkstatt nahmen viel von meiner Zeit und Energie in Anspruch. Linda wollte mehr… mehr Aufmerksamkeit, mehr von einem ‚normalen‘ Leben, das ich ihr nicht geben konnte.»

«Das klingt hart», murmelte Yanik, seine Stimme voller Mitgefühl.

«Ja, es war nicht einfach», fuhr Mark fort. «Ich glaube, der wahre Bruch kam, als ich spürte, dass ich nicht mehr ich selbst sein konnte. Ich musste ständig Kompromisse eingehen, die mich von meinen eigenen Zielen abbrachten. Es endete, weil ich frei sein wollte, mich auf das zu konzentrieren, was mir wirklich wichtig ist. Außerdem wollte ich ehrlich zu ihr sein. Ich hatte einfach nicht die intensiven Gefühle für sie, die sie für mich empfand.»

Yanik nickte verständnisvoll.

«Es ist mutig, zu erkennen, dass ihr beide etwas anderes brauchtet. Und es ist wichtig, dass du deine eigenen Träume verfolgst. Manchmal müssen wir schwere Entscheidungen treffen, um wahr zu uns selbst zu sein.»

«Genau das», stimmte Mark zu und ein Lächeln zeichnete sich auf seinem Gesicht ab. «Ich schätze es wirklich, dass du das verstehst. Es fühlt sich gut an, darüber zu sprechen. Linda hat immer noch Schwierigkeiten, das zu akzeptieren. Ihre Anwesenheit neulich Abend hat das ziemlich deutlich gemacht.»

«Manchmal hängen Menschen an der Vergangenheit, weil sie Angst vor der Zukunft haben», sagte Yanik nachdenklich. «Aber es ist gut, dass du nach vorn schauen kannst.»

Als sie das Café verließen, fühlte sich Mark erleichtert und gestärkt durch das offene Gespräch.

Einige Tage nach ihrem tiefgründigen Gespräch trafen sich Mark und Yanik bei einem lokalen Event, das von Marks Werkstatt gesponsert wurde. Es war ein Herbstfestival, das traditionell das Ende der Motorradsaison markierte und Besucher aus der ganzen Region anzog. Mark hatte einen Stand aufgebaut, wo er einige seiner restaurierten Klassiker präsentierte, und die Aufregung in der Luft war spürbar.

Die Atmosphäre war lebhaft, mit Menschen, die zwischen den verschiedenen Ständen umhergingen, Live-Musik, die in der Luft klang, und dem Duft von gegrilltem Essen. Mark führte Yanik stolz um seinen Stand herum, zeigte ihm die Motorräder, die er und sein Team über die Wintermonate restauriert hatten.

«Das hier ist das neueste Projekt, das wir abgeschlossen haben,» erklärte Mark, während er auf eine glänzende, vollständig restaurierte Triumph Bonneville deutete. «Sie war ziemlich heruntergekommen, als wir sie bekamen, aber schau sie dir jetzt an.»

Yanik bewunderte das Motorrad, seine Augen glänzten vor Anerkennung.

«Es ist wirklich beeindruckend, was du aus ihr gemacht hast. Du hast ein echtes Talent dafür, Mark.»

Während sie weitergingen, bemerkte Yanik die Bewunderung und den Respekt, den die Besucher Mark entgegenbrachten. Es war offensichtlich, dass er in der lokalen Motorrad-Community sehr geschätzt wurde.

Als sie gerade dabei waren, zu einem anderen Teil des Festivals überzugehen, tauchte Linda plötzlich auf. Ihr Erscheinen war unerwartet, und die Atmosphäre zwischen ihr und Mark war sofort angespannt. Yanik, der neben Mark stand, konnte die Veränderung in Marks Haltung spüren.

«Mark! Schön, dich hier zu sehen,» sagte Linda, ihr Tonfall überschwänglich, als sie sich näherte. «Du scheinst ja ganz beschäftigt zu sein. Das ist toll zu sehen.»

Mark nickte höflich.

«Linda. Ja, es ist eine große Veranstaltung für uns. Yanik, Linda, ihr habt euch ja schon kennengelernt.»

«Hallo, Yanik,» sagte Linda, während sie ihn mit einem leicht prüfenden Blick musterte.

Yanik lächelte freundlich und erwiderte die Begrüßung, bemühte sich jedoch, eine neutrale Haltung zu bewahren. Die Spannung war fast greifbar, und er wollte nichts tun, was die Situation verschärfen könnte.

Als Linda weiterhin versuchte, das Gespräch auf persönlichere Themen zu lenken und alte Erinnerungen mit Mark zu teilen, blieb Mark professionell, aber distanziert. Er antwortete höflich auf ihre Kommentare, lenkte das Gespräch jedoch immer wieder zurück auf das Event und die Motorräder.

Nach einigen Minuten verabschiedete sich Linda, nicht ohne einen letzten, etwas wehmütigen Blick auf Mark zu werfen. Als sie gegangen war, ließ Mark einen tiefen Seufzer der Erleichterung.

«Danke, dass du da bist, Yanik. Es hilft wirklich, jemanden dabei zu haben, der die Situation versteht,» sagte Mark, sichtlich erleichtert, dass das Gespräch vorbei war.

Yanik legte beruhigend eine Hand auf Marks Schulter. «Kein Problem. Ich bin froh, dass ich helfen konnte.»

Kapitel 6

Tobias Engel war seit mehreren Jahren ein fester Bestandteil der lokalen Motorrad-Szene, bekannt für sein technisches Know-how und seine akribische Arbeitsweise. Als ehemaliger Arbeitskollege von Mark hatten sie gemeinsam in einer renommierten Werkstatt gearbeitet, bevor Mark sich entschied, seinen eigenen Weg zu gehen und eine eigene Werkstatt zu eröffnen.

Tobias hatte Marks Erfolg immer mit gemischten Gefühlen beobachtet. Einerseits bewunderte er Marks Fähigkeit, Risiken einzugehen und seine Träume zu verfolgen, andererseits konnte er sich des Neides nicht erwehren, der in ihm aufkeimte, als er sah, wie Mark sowohl beruflich als auch in der öffentlichen Wahrnehmung florierte. Davon abgesehen fühlte er etwas für Mark, das er in seinen Augen nicht fühlen sollte. Manchmal hatte er das Gefühl, sich selbst dafür bestrafen zu müssen, doch es war Mark, den er lieber bestrafen wollte. Ihre Wege hatten sich getrennt, und während Mark sein Geschäft ausbaute, blieb Tobias in einer Position, die ihm wenig Raum für persönliches Wachstum bot.

Während Mark und Yanik das Festival genossen, weit entfernt von den verwickelten Emotionen, die Lindas kurze Anwesenheit aufgewirbelt hatte, fand sich Tobias in einer ganz anderen Situation wieder. Er war ebenfalls zum Event gekommen, weniger aus Interesse an den Motorrädern, sondern mehr, um Mark zu beobachten, dessen Erfolg er mit einer Mischung aus Neid und Bewunderung verfolgte.

Tobias schlenderte durch die Menge, sein Blick fiel immer wieder auf Mark und Yanik, die zusammen lachten und sichtlich eine gute Zeit hatten. Das Bild der beiden zusammen – so entspannt und fröhlich – löste in Tobias eine bittere Eifersucht aus. Er konnte nicht verstehen, was Mark in Yanik fand, das er in ihm selbst nicht sehen konnte.

Als er sich abwandte, um seine Frustration zu verbergen, stieß er unerwartet auf Linda. Sie stand allein an einem der Essensstände, ihr Gesichtsausdruck nachdenklich und etwas verloren. Tobias erkannte sofort eine Gelegenheit, als er sah, wie Linda Mark über die Menschenmenge hinweg beobachtete.

«Schwer, nicht wahr?», begann Tobias, sich neben Linda stellend und ihrer Blickrichtung folgend.

Linda zuckte zusammen, leicht überrascht von seiner Anwesenheit.

«Tobias? Oh, ja, ich… es ist seltsam, ihn so zu sehen», gab sie zu, ihre Stimme ein leises Echo ihrer üblichen Entschlossenheit.

«Ich verstehe dich. Es ist nicht leicht, jemanden, den man einmal geliebt hat, weiterzugeben, besonders an jemanden, der so anders ist», fuhr Tobias fort, seine Worte sorgfältig wählend, um Empathie zu signalisieren, obwohl jedes Wort von seinen eigenen versteckten Motiven durchtränkt war.

Linda nickte, ein schwaches Lächeln umspielte ihre Lippen, aber ihre Augen blieben traurig.

«Ja, genau das. Und es ist noch schwieriger, wenn du das Gefühl hast, dass noch etwas da ist, oder?»

«Absolut», stimmte Tobias zu, eifrig darauf bedacht, das Band ihrer gemeinsamen Enttäuschung zu stärken. «Weißt du, Linda, manchmal denke ich, dass Leute wie wir etwas unternehmen müssen, um nicht übergangen zu werden. Es gibt Dinge, die wir tun können… um vielleicht die Augen derer zu öffnen, die uns nicht mehr sehen.»

Linda sah ihn nachdenklich an, ein Funke von Interesse in ihrem Blick.

«Was schlägst du vor, Tobias?»

Tobias lächelte, seine Augen funkelten mit einem kalten Glanz.

«Vielleicht sollten wir einfach ein wenig mehr zusammen sein, uns austauschen, Pläne machen. Manchmal brauchen Menschen einen kleinen Schubs, um zu erkennen, was sie vermissen.»

Linda zögerte einen Moment, dann nickte sie langsam.

«Vielleicht hast du recht. Ich möchte wirklich, dass Mark sieht, was er verliert.»

Mit dieser stillschweigenden Übereinkunft verbanden sich ihre Interessen auf eine Weise, die keiner von ihnen vollständig verstand, doch beide fühlten, dass sie nun nicht mehr allein in ihrem Kampf waren. Während sie ihre Unterhaltung fortsetzten, begannen sie, Ideen auszutauschen, wie sie ihre jeweiligen Ziele erreichen könnten –

nicht ahnend, dass ihre Pläne unvorhersehbare Konsequenzen haben könnten.

Kapitel 7

Der Tag neigte sich dem Ende zu, und das Herbstfestival war in vollem Gange. Trotz der vorherigen Spannungen und der unerwarteten Begegnungen hatten Mark und Yanik es geschafft, das Beste aus der Situation zu machen.

Sie genossen die Gemeinschaft und das belebende Treiben des Festes, lachten über Geschichten alter Zeiten und planten künftige Projekte.

Doch wie so oft hatte das Schicksal andere Pläne.

Während sie gerade dabei waren, die letzten Besucher an Marks Stand zu begrüßen, zogen dunkle Wolken am Horizont auf. Yanik, der Meteorologe, bemerkte zuerst die sich schnell ändernde Wetterlage.

«Sieht aus, als würde uns ein ziemlich heftiger Sturm bevorstehen,» kommentierte er, während er besorgt den Himmel beobachtete.

Mark blickte auf und folgte Yaniks Blick.

«Das ging schnell. Meinst du, wir sollten anfangen, hier aufzuräumen?»

«Besser ist das,» stimmte Yanik zu. «Diese Wolken sehen nicht sehr freundlich aus. Wir sollten besser alles sichern, bevor es losgeht.»

Schnell machten sie sich daran, die empfindlichen Teile und Dokumente zu schützen und das Equipment abzudecken. Andere Standbesitzer und Festivalteilnehmer folgten ihrem Beispiel, als das erste Donnergrollen die Luft erfüllte und starke Windböen über das Gelände fegten.

Als der Regen einsetzte, verwandelte er das Festivalgelände schnell in ein chaotisches Bild von hastig fliehenden Menschen und umherfliegenden Gegenständen. Mark und Yanik arbeiteten Hand in Hand, um alles zu sichern, wobei sie gelegentlich anderen halfen, deren Stände in Mitleidenschaft gezogen wurden.

Inmitten des Sturms zeigte sich ihre tiefe Verbindung und Teamfähigkeit. Mark war beeindruckt von Yaniks Ruhe und Fachwissen über das Wetter, während Yanik Marks praktische Fähigkeiten und schnelles Handeln schätzte. Zusammen bildeten sie ein effektives Team, das in der Lage war, den Herausforderungen des Moments zu begegnen.

Nach etwa einer Stunde ließ der Sturm nach, und die Welt wurde still, als wäre nichts geschehen. Sie standen nebeneinander, nass und etwas erschöpft, aber lächelnd.

«Das war ja was,» sagte Mark, das Wasser von seiner Stirn wischend.

«Definitiv,» erwiderte Yanik, einen Blick auf das jetzt friedliche Festivalgelände werfend. «Aber wir haben es gut gemeistert. Danke, Mark, dass du so ruhig geblieben bist.»

«Ich könnte dasselbe über dich sagen,» meinte Mark und gab Yanik einen freundschaftlichen Klaps auf den Rücken. «Du bist ziemlich beeindruckend, wenn es um Wetter geht.»

Nach dem turbulenten Festivalende beschlossen Mark und Yanik, den Tag mit einem ruhigen Spaziergang durch den lokalen Park ausklingen zu lassen.

Die Ereignisse des Tages hatten sie einander nähergebracht, und beide fühlten eine stille Anerkennung für die Stärke und Unterstützung, die sie einander gezeigt hatten.

Die Sonne neigte sich dem Horizont zu, und das weiche Abendlicht spielte durch die farbigen Blätter der Bäume, die den Pfad säumten. Sie sprachen wenig, aber die Stille zwischen ihnen war komfortabel und vertraut.

Mark führte Yanik zu einer abgelegenen Bank in der Nähe eines kleinen

Teiches, ein Ort, den er schätzte und oft besuchte, wenn er nachdenken wollte.

Sie setzten sich, und Mark schaute auf das ruhige Wasser.

«Heute war irgendwie… intensiv, nicht wahr?», begann er, seine Worte abwägend. «Ich meine, nicht nur der Sturm und das Festival, sondern auch das, was zwischen uns passiert ist.»

Yanik nickte, den Blick auf das Wasser gerichtet.

«Ja, ich habe das auch gespürt. Es war mehr als nur das Teilen einer Herausforderung. Es fühlt sich an, als hätten wir eine Grenze überschritten, von der ich nicht sicher war, dass wir sie erreichen würden.»

Mark drehte sich zu Yanik, seine Augen suchten dessen.

«Yanik, ich…» Er zögerte, kämpfte mit den Worten. «Ich fühle mich dir sehr verbunden. Mehr, als ich erwartet hatte.»

Yanik sah ihm direkt in die Augen, seine eigenen Gefühle brodelnd unter der Oberfläche.

«Ich auch, Mark. Es gibt da etwas zwischen uns, nicht wahr? Etwas, das sich nicht mehr ignorieren lässt.»

Die Luft zwischen ihnen knisterte vor ungesagten Worten und unausgesprochenen Gefühlen. Langsam, fast zögerlich, neigte sich Mark vor und Yanik erwiderte die Bewegung. Ihre Lippen trafen sich in einem sanften, vorsichtigen Kuss, der mehr sagte als tausend Worte. Es war ein Moment der Offenbarung, der Verwundbarkeit und des tiefen Vertrauens.

Als sie sich voneinander lösten, war die Welt um sie herum für einen Moment still. Mark atmete tief durch, ein Ausdruck von Erleichterung und Freude auf seinem Gesicht.

«Das war…» Er suchte nach Worten, fand keine, die dem Moment gerecht werden könnten.

Yanik lächelte, seine Hand fand Marks.

«Ja, das war es.»

Nach ihrem ersten Kuss saßen Mark und Yanik noch einige Minuten still nebeneinander, jeder in seinen Gedanken vertieft, als sie die Folgen dessen, was gerade geschehen war, zu begreifen versuchten. Die Stille war nicht unangenehm, doch die Luft war erfüllt mit einer Mischung aus Verwirrung und Erwartung. Schließlich brach Mark das Schweigen.

«Yanik, das war... unerwartet, aber nicht unwillkommen», begann Mark vorsichtig, seine Worte sorgfältig wählend. «Ich weiß, das könnte kompliziert sein, besonders weil ich... bisher nie in dieser Situation war.»

Yanik nickte, sah Mark direkt an.

«Ich schätze deine Offenheit, Mark. Es ist wichtig, dass wir ehrlich darüber sind, was wir fühlen und was das für uns bedeutet. Ich möchte nicht, dass du dich unter Druck gesetzt fühlst.»

Mark lächelte sanft, dankbar für Yaniks Verständnis.

«Ich habe Gefühle für dich entwickelt, Yanik, tiefere, als ich zuerst dachte. Aber ich stimme zu, dass wir vielleicht Zeit brauchen, um wirklich zu verstehen, was das bedeutet. Ich möchte sicherstellen, dass wir dies richtig angehen.»

«Ich möchte nicht, dass du dich wegen mir in irgendetwas stürzt, Mark», sagte Yanik ernst. «Was auch immer du brauchst und wie viel Zeit das auch in Anspruch nimmt, ich bin für dich da. Wir können Freunde bleiben, wenn das für dich besser ist.»

Mark schätzte Yaniks Rücksichtnahme und Fürsorge.

«Danke, Yanik. Lass uns einfach sehen, wohin diese Reise geht, ohne Druck. Ich schätze deine Freundschaft und alles andere, was daraus werden könnte.»

Nachdem sie eine Weile gesprochen hatten, entschieden sie sich, den Park zu verlassen und in Richtung ihrer jeweiligen Wohnungen zu gehen. Obwohl viele Fragen unbeantwortet blieben, fühlten sie sich durch das offene Gespräch gestärkt.

Als sie sich an der Kreuzung, die zu ihren getrennten Wegen führte, voneinander verabschiedeten, tauschten sie einen weiteren kurzen, aber bedeutungsvollen Kuss aus. Es war eine Bestätigung ihrer wachsenden Gefühle und des gegenseitigen Respekts – ein Versprechen, egal was kommen mochte, sie würden es zusammen durchstehen.

Kapitel 8

Während Mark und Yanik langsam ihren Weg durch den Prozess der Selbstentdeckung und des emotionalen Eingeständnisses machten, wurden sie unbemerkt zu Figuren in einem weniger wohlwollenden Spiel.

Linda und Tobias hatten sich nach ihrem zufälligen Treffen auf dem Festival weiterhin ausgetauscht, angetrieben von ihren jeweiligen Frustrationen und dem gemeinsamen Ziel, etwas an der aktuellen Situation zu ändern.

An einem kühlen Abend trafen sich Linda und Tobias in einer abgelegenen Ecke eines kleinen Cafés, weit weg von neugierigen Blicken. Die Tische um sie herum waren größtenteils leer, und das gedämpfte Licht sorgte für eine fast konspirative Atmosphäre.

Linda rührte nachdenklich in ihrem Kaffee, ihre Augen flackerten mit einer

Mischung aus Entschlossenheit und Sorge.

«Wir können nicht einfach zusehen, wie Mark sich von uns entfernt. Ich habe das Gefühl, dass ich ihn verliere, und ich bin nicht bereit, das zu akzeptieren», sagte sie mit leiser Stimme.

Tobias, der sich in seiner Rolle als Verbündeter sichtlich wohler fühlte, nickte zustimmend.

«Ich verstehe dich vollkommen, Linda. Ich habe ähnliche Gefühle, wenn ich sehe, wie Mark mit Yanik zusammen ist. Es ist, als hätte er uns komplett vergessen.»

«Genau», stimmte Linda zu, ihre Stirn in Falten. «Ich denke, es ist an der Zeit, dass wir etwas unternehmen. Etwas, das Mark die Augen öffnet und ihn vielleicht dazu bringt, seine Entscheidungen zu überdenken.»

Tobias lehnte sich vor, seine Stimme senkend.

«Ich habe da etwas ganz Bestimmtes im Sinn.»

Sie besprachen weiterhin Details ihrer kleinen Verschwörung, planten, wie sie diskret Einfluss auf die Wahrnehmung anderer ausüben könnten, ohne dabei zu offensichtlich zu wirken. Beide wussten, dass es riskant war, aber die Verzweiflung und das Gefühl der Zurückweisung hatten sie an einen Punkt gebracht, an dem nur noch drastische Maßnahmen als Lösung erschienen.

Als sie das Café verließen, fühlten sich Linda und Tobias ermutigt, obwohl sie wussten, dass der Weg, den sie eingeschlagen hatten, gefährlich und möglicherweise selbstzerstörerisch war. Doch in ihrem Streben, das zu bewahren, was sie verloren glaubten, waren sie bereit, dieses Risiko einzugehen.

Ihre Verschwörung begann im Verborgenen, und sie waren fest entschlossen, ihre Pläne in die Tat umzusetzen.

Das nächste öffentliche Event, an dem Mark und Yanik teilnahmen, war eine groß angelegte Motorradmesse, bei der Mark eingeladen wurde, über die Kunst der Restauration zu sprechen. Es war eine perfekte Gelegenheit für beide, ihre enge Verbindung zu demonstrieren, nicht nur als Geschäftspartner, sondern auch als Freunde. Die offensichtliche Nähe zwischen ihnen löste jedoch auch Gemurmel und getuschelte Kommentare aus.

Mark führte Yanik durch verschiedene Stände, diskutierte technische Details und teilte persönliche Anekdoten über seine Erfahrungen mit jedem Modell. Ihre gegenseitige Wertschätzung und das Vertrauen, das sie füreinander empfanden, waren deutlich sichtbar.

Tobias, der die Gerüchte sorgfältig vorbereitet hatte, suchte gezielt den richtigen Moment, um Mark öffentlich zu konfrontieren. Er fand diesen Moment, als Mark gerade eine Pause zwischen den Präsentationen machte. Mit einer Mischung aus Besorgnis und Vorwurf in seiner Stimme trat Tobias an Mark heran, während Yanik nur ein paar Schritte entfernt stand.

«Mark, kann ich kurz mit dir sprechen? Es geht um etwas Wichtiges», begann Tobias und zog Mark etwas abseits.

Seine Stimme war laut genug, dass Yanik und einige andere Anwesende mithören konnten.

«Ich bin etwas verwirrt über die Gerüchte, die ich gehört habe. Es heißt, du wärst gestern Nacht mit Linda zusammen gewesen. Warum tust du dann so, als ob du und Yanik… ihr wisst schon.»

Mark, sichtlich geschockt und verwirrt, antwortete schnell: «Das stimmt nicht, Tobias. Ich weiß nicht, wer dir das erzählt hat, aber das ist völlig falsch.»

Bevor er weiter erklären konnte, trat Linda zur Gruppe hinzu, ihre Augen blickten traurig zu Mark.

«Oh, Mark, ich dachte, wir hätten gestern Abend etwas Besonderes geteilt. Warum leugnest du das?», sagte sie laut, ihre Stimme gesättigt mit gespielter Enttäuschung und Verletzung.

Yanik, der die Konversation mit wachsendem Entsetzen verfolgt hatte, spürte, wie der Boden unter seinen Füßen zu schwanken begann. Die Worte trafen ihn wie ein Schlag.

Verwirrt und verletzt durch die Anschuldigungen und das unerwartete Theater, das sich vor seinen Augen abspielte, trat er vor.

«Mark, ist das wahr?», fragte Yanik, seine Stimme zitterte. Sein Blick wechselte zwischen Mark und Linda, unsicher, wem er glauben sollte.

Mark drehte sich zu Yanik um, seine Augen voller Dringlichkeit.

«Nein, Yanik, das ist alles erfunden. Ich versichere dir, nichts davon ist wahr. Ich habe keine Ahnung, warum Linda so etwas sagen würde.»

«Aber Mark, du hast gesagt, du liebst mich!», rief Linda in gespielter Verzweiflung. Sie warf sich in Marks Arme.

«Ich… ich muss jetzt erstmal allein sein.»

Yanik wandte sich enttäuscht ab und ging. Er war sich einfach nicht mehr sicher, ob er Mark vertrauen konnte.

Kapitel 9

Nach den aufwühlenden Ereignissen der Motorradmesse fühlte sich Mark zerrissen und unsicher, wie er die Situation mit Linda und Yanik angehen sollte. Auf der Suche nach Rat und einem vertrauten Ohr entschied er sich, Lena in ihrem Café zu besuchen.

Als Mark das Café betrat, wurde er von der vertrauten Wärme des Raumes und dem Duft frisch gebrühten Kaffees empfangen. Lena war hinter der Theke beschäftigt, doch als sie Mark sah, lächelte sie breit und winkte ihn zu sich.

«Mark! Schön, dich zu sehen. Wie läuft's? Du siehst aus, als könntest du eine Tasse Kaffee und ein offenes Ohr gebrauchen», begrüßte sie ihn, während sie ihm seinen üblichen Kaffee zubereitete.

Mark setzte sich an die Theke und seufzte.

«Du hast recht, Lena. Es ist viel passiert.»

Er erzählte ihr von den Vorfällen auf der Messe, von Lindas unerwarteten Handlungen und den Gerüchten, die nun seine Beziehung zu Yanik belasteten.

Lena hörte aufmerksam zu, ihre Miene ernst, als sie Mark einen dampfenden Kaffee reichte.

«Das klingt wirklich kompliziert, Mark. Aber vielleicht ist es an der Zeit, dass du ein klärendes Gespräch mit Linda führst. Es klingt, als müsstet ihr einige Dinge bereinigen, und es wäre besser, das früher als später zu tun.»

Mark nickte, dankbar für ihre Einsicht.

«Du hast recht. Ich sollte das wirklich tun. Es ist nur… schwer. Ich möchte nicht, dass Yanik denkt, ich hätte irgendetwas zu verbergen.»

«Dann nimm Yanik doch mit, wenn du dich mit Linda triffst», schlug Lena vor. «So kann er aus erster Hand hören, was gesagt wird, und es gibt keine Missverständnisse.»

Ermutigt durch Lenas Vorschlag und ihre Unterstützung, beschloss Mark, Linda zu kontaktieren und ein Treffen zu arrangieren. Er verließ das Café mit einem neuen Gefühl der Entschlossenheit, bereit, die Dinge in Ordnung zu bringen.

Nachdem er Linda erreicht hatte, vereinbarten sie, sich am nächsten Tag in einem ruhigen Park zu treffen. Mark informierte Yanik über das geplante Gespräch, und obwohl er zögerte, stimmte Yanik zu, dabei zu sein. Er wollte die Wahrheit wissen, und er wollte sie aus erster Hand hören.

Am vereinbarten Nachmittag trafen sich Mark, Yanik und Linda in einem ruhigen, abgeschiedenen Teil eines städtischen Parks. Die kühle Brise und das Rascheln der Blätter boten eine natürliche Kulisse für das ernste Gespräch, das bevorstand. Sie setzten sich auf eine abgelegene Bank, ein wenig abseits der üblichen Spazier-wege.

Mark war fest entschlossen, Klarheit in die Angelegenheit zu bringen und ergriff zuerst das Wort.

«Linda, ich danke dir, dass du heute hier bist. Es ist wichtig, dass wir offen miteinander sprechen können, vor allem wegen der Dinge, die geschehen sind.»

Linda nickte, ihre Hände leicht zitternd, während sie sich darauf vorbereitete, ihre Gedanken zu äußern.

«Mark, Yanik, es tut mir aufrichtig leid für mein Verhalten und die Unruhe, die ich verursacht habe. Ich habe mich von meiner Enttäuschung und meinen Gefühlen leiten lassen, und das war nicht richtig.»

Sie atmete tief durch, ihre Stimme wurde fester, als sie weiter erklärte: «Ich möchte, dass ihr beide wisst, dass die Idee, Gerüchte zu streuen und euch auseinanderzubringen, nicht allein meine war. Tobias hat mich überzeugt, dass es uns beiden helfen könnte, zu bekommen, was wir wollen. Ich sehe jetzt ein, wie manipulativ das war und wie unfair es euch gegenüber war.»

«Tobias?», Mark sah Linda erstaunt an.

«Wer ist das?», fragte Yanik.

«Mein ehemaliger Arbeitskollege. Der, der mich auf der Messe angesprochen hat. Ich verstehe nicht, wieso er auf so krude Gedanken kommt. Na gut, ein wenig verstehe ich es doch. Er war ziemlich homophob, lästerte früher schon über gleichgeschlechtliche Beziehungen. Vielleicht kann er es nicht ertragen, dass ein ehemaliger Kollege von ihm jetzt einen Mann liebt.»

Mark sah Yanik direkt in die Augen.

«Du… liebst mich?», fragte dieser und

blickte hoffnungsvoll zurück.

Mark nickte.

Yaniks verwirrter Ausdruck wurde zu einem strahlenden Grinsen. Er beugte sich zu Mark hinüber und küsste ihn.

Erleichtert sah Linda, dass sie das Missverständnis aufklären konnte, und zog sich diskret zurück.

Kapitel 10

In den Tagen nach dem klärenden Gespräch im Park verspürten Mark und Yanik eine gewisse Erleichterung. Sie waren entschlossen, ihre Beziehung ohne die Schatten der Vergangenheit weiterzuführen und die neuen Möglichkeiten zu erkunden, die sich ihnen boten. Doch die Ruhe sollte nicht lange anhalten.

Eines Abends, als Mark gerade die Werkstatt abschloss, trat eine dunkle Gestalt aus dem Schatten der angrenzenden Gasse.

Es war Tobias, dessen Gesicht im schwachen Licht der Straßenlaterne hart und verzerrt erschien. Sein Blick war intensiv und voller unverhohlener Wut.

«Mark!», rief Tobias mit einer Stimme, die sowohl Verzweiflung als auch Zorn durchscheinen ließ. «Du hast dich also entschieden, mich vollständig zu ignorieren, für ihn?»

Mark, der sich umdrehte, erkannte sofort die drohende Gefahr in Tobias' Haltung.

«Tobias, was tust du hier? Wir können darüber reden, wenn du aufgebracht bist …»

«Reden?», unterbrach ihn Tobias scharf. «Ich bin über das Reden hinaus. Du hast mich verraten, Mark. Du hast uns beide verraten!»

Bevor Mark reagieren konnte, zog Tobias ein Messer aus seiner Jackentasche und machte einen Schritt auf ihn zu. Die kühle Klinge glänzte bedrohlich im Licht der Straße.

«Wenn ich dich nicht haben kann, dann soll dich auch niemand anders haben. Der einzige Mann, den du jemals lieben solltest, bin ich!»

In diesem Moment der höchsten Gefahr sprang Yanik, der unerwartet aufgetaucht war, dazwischen.

«Halt! Lass ihn in Ruhe, Tobias!» Yaniks Stimme war fest, seine Haltung entschlossen, als er sich schützend vor Mark stellte.

Tobias hielt inne, das Messer immer noch in der Hand. Der Schock und die plötzliche Unterbrechung ließen ihn zögern. Sein Atem war schwer, und in seinen Augen spiegelte sich ein Kampf zwischen Wut und Verzweiflung.

«Tobias, das ist nicht der Weg», fuhr Yanik fort, ruhig aber bestimmt. «Gewalt wird nichts lösen. Es wird nur alles schlimmer machen.»

Für einen langen, gespannten Moment standen die drei Männer dort, jeder unsicher, wie es weitergehen würde.

Schließlich senkte Tobias langsam das Messer, die Erkenntnis der Ausweglosigkeit seiner Lage dämmerte ihm. Die Polizei, die von einem besorgten Passanten gerufen worden war, traf ein und nahm Tobias in Gewahrsam, während er leise vor sich hin murmelte.

Nachdem die Polizei Tobias abgeführt hatte, standen Mark und Yanik noch immer unter dem Schock der Ereignisse. Mark, sichtlich erschüttert, aber unverletzt, wandte sich Yanik zu.

«Danke, dass du da warst. Ich weiß nicht, was passiert wäre, wenn du nicht… »

Yanik legte beruhigend eine Hand auf Marks Schulter.

«Ich bin nur froh, dass ich rechtzeitig hier war. Lass uns nach Hause gehen und versuchen, das hinter uns zu lassen.»

Mark rief von unterwegs aus bei Lena an und erzählte ihr, was passiert war.

«Es geht uns gut, Lena. Mach dir keine Sorgen. Ich wollte dich nur informieren, dass alles in Ordnung ist, bevor du irgendwelche Gerüchte hörst. Die Polizei hat Tobias mitgenommen.»

Yanik und Mark zogen sich in Yaniks Wohnung zurück. Nach dieser ganzen Aufregung brauchten sie die Nähe des jeweils anderen so sehr, dass sie ziemlich schnell im Schlafzimmer landeten. Dort verbrachten sie eine wundervolle Nacht miteinander.

Es war die erste von vielen ...

Epilog

Ein Jahr war vergangen seit den dramatischen Ereignissen, die Mark und Yanik noch enger zusammengebracht hatten. Das Paar hatte seitdem viele Höhen und Tiefen erlebt, aber jede Herausforderung hatte ihre Beziehung nur weiter gefestigt. Jetzt, Hand in Hand, schlenderten sie durch den belebten Markt von Kastellburg, genossen die warme Frühlingssonne und die fröhlichen Stimmen der Markthändler und Besucher.

Linda, die neben ihnen ging, lachte über einen Scherz, den Lena gerade gemacht hatte. Die unerwartete Freundschaft zwischen den beiden Frauen hatte viele überrascht, am meisten sie selbst. Früher hatte Linda Lena kaum wahrgenommen, doch nachdem die Stürme sich gelegt hatten, entdeckten sie eine tiefe Verbindung, die auf gemeinsamen Interessen und einer ähnlichen Lebensphilosophie basierte. Jetzt waren sie nicht nur Freunde, sondern auch Geschäftspartnerinnen, da Linda sich entschlossen hatte, ihre Erfahrungen in der PR-Branche zu nutzen, um Lenas Café zu einem Treffpunkt für Kultur und Kunst in Kastellburg zu machen.

Während sie weitergingen, tauschten Mark und Yanik Blicke aus, die mehr sagten, als Worte je könnten. Ihre Liebe zueinander war ein stetiger Anker in ihrem Leben geworden, eine Quelle der Freude und des Trostes.

«Tobias hat Kastellburg verlassen, nicht wahr?», fragte Yanik leise, während sie einen Stand mit handgemachten Keramiken passierten.

Mark nickte.

«Ja, er ist weggezogen, nachdem er aus dem Gefängnis kam. Er schrieb mir einen Brief. Er sagte, er sehe einen

Therapeuten und arbeite an sich selbst. Ich hoffe, er findet Frieden, Yanik.»

Yanik drückte Marks Hand fester.

„Ich auch. Jeder verdient eine Chance auf Heilung und Glück, egal welchen Weg sie dafür nehmen müssen."

Die beiden Männer teilten einen Moment der stillen Übereinkunft, dann richteten sie ihre Aufmerksamkeit wieder auf ihre Freunde. Linda und Lena kicherten über eine besonders farbenfrohe Vase, die Linda überlegt hatte zu kaufen.

«Schaut mal, diese Vase würde perfekt in unser Wohnzimmer passen, findet ihr nicht?», rief Linda, ihr Gesicht strahlend vor Begeisterung.

„Absolut", erwiderte Mark mit einem Lächeln, „dein Auge für Design hat sich wirklich geschärft, Linda."

Das Quartett verbrachte den Rest des Nachmittags damit, durch die Stände zu bummeln, Kunstwerke zu bewundern und Pläne für die Zukunft zu schmieden. Das Leben in Kastellburg war vielleicht nicht immer einfach, aber für Mark und Yanik war es ein wunderbares Leben.

Als die Sonne am Horizont zu sinken begann, leuchtete ihr Licht sanft über die kleine Stadt, über die Menschen, die sie ihr Zuhause nannten, und über die Pfade, die noch vor ihnen lagen. In diesem goldenen Licht, mit Hoffnung und Liebe in ihren Herzen, wussten Mark und Yanik, dass sie alles meistern würden, egal was kommen würde.